...ANN Y JOOST...

VEGETAL COMO ERES
Alimentos con sentimientos

SAXTON FREYMANN Y JOOST ELFFERS
VEGETAL COMO ERES
Alimentos con sentimientos

SCHOLASTIC INC.
New York Toronto London Auckland Sydney
Mexico City New Delhi Hong Kong Buenos Aires

¿CÓMO TE

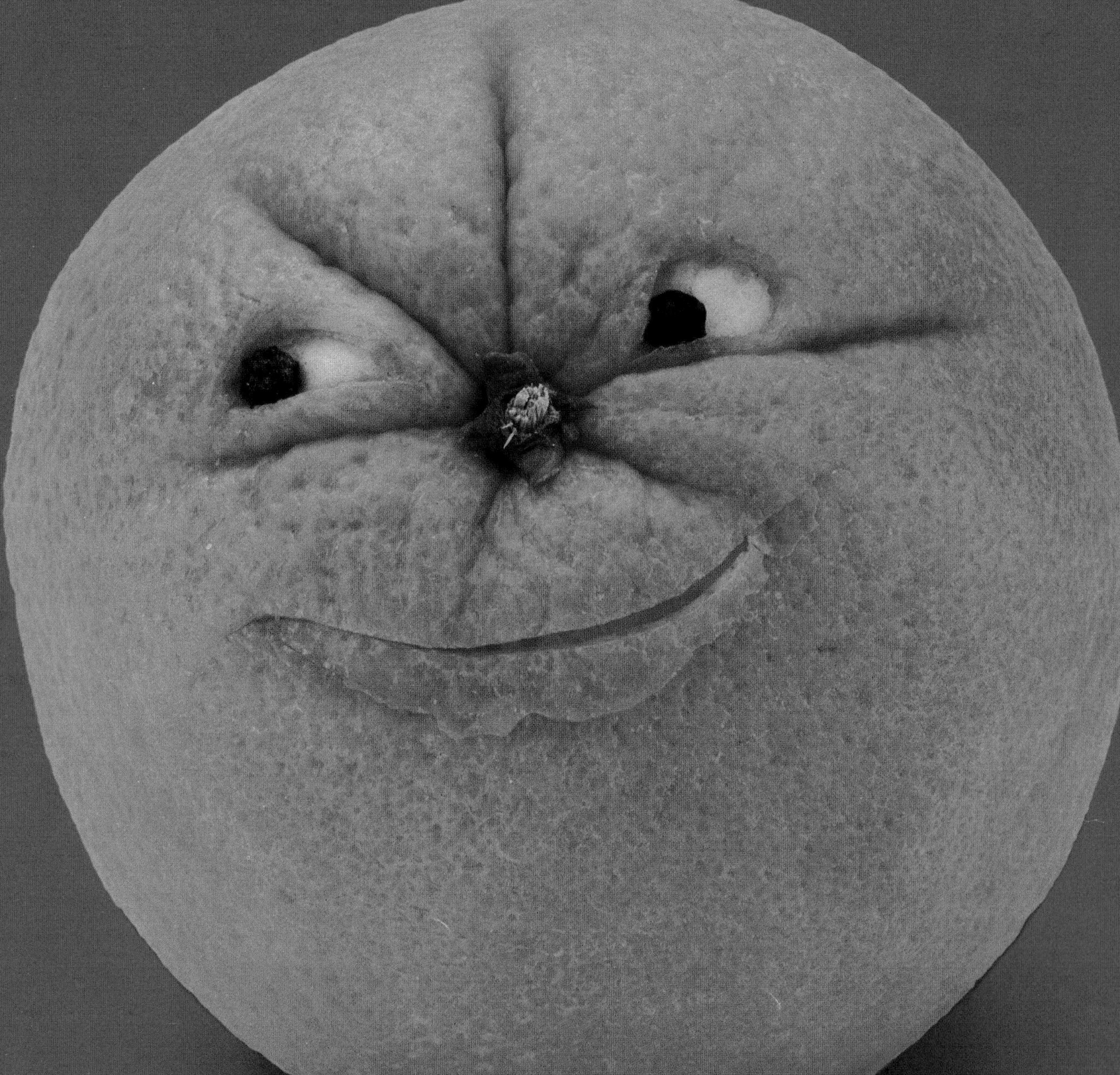

SIENTES?

¿Contento?
¡Triste?

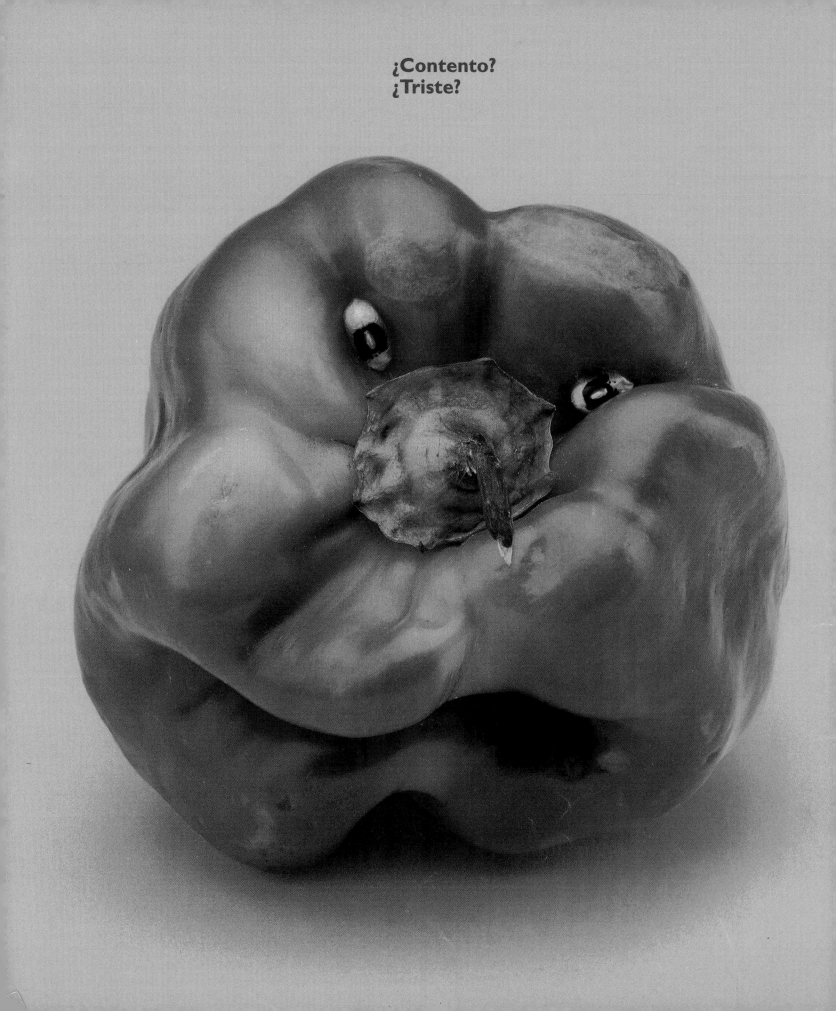

¿Estás disgustado?
¿Te sientes apenado?

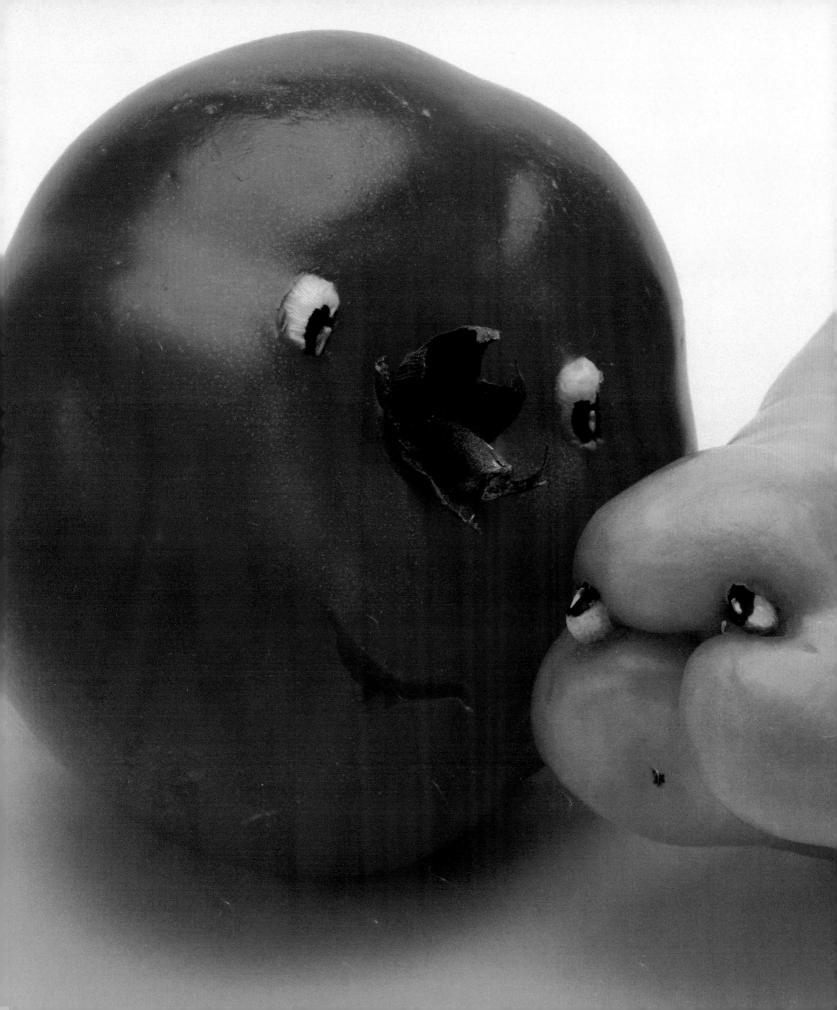

¿Puede un amigo, dulce y risueño,
intentar animarte de nuevo?

Si esperas a un amigo y este se demora...
¿Te cansas? ¿Te enojas? ¿Te acaloras?
¿Te pones nervioso porque se pasa la hora?
¡Al fin llegó tu amigo! Dile ¡hola!

¿Cómo eres cuando te visitan los amigos?

¿Un poco tímido con los desconocidos?

¿Te sientes de más?

Tranquilo, no durará.

¿Te sientes protegido?

¿O un poco decaído?

¿Distraído?
¿Confuso?
¿Frustrado?
¿Sorprendido?
Prueba estos sentimientos
y verás qué divertido.

¿CÓMO

Si alguien te grita, ¿lo imitas?

Y si alguien
es malo contigo...
¿Te asustas, te enfrentas?
¿Te quedas tranquilo?

Si estás enojado: ¿Te enfurruñas? ¿Te quejas? ¿Lloras? ¿Gritas malhumorado?

¿Avergonzado
y arrepentido,
o molesto
por el castigo?

¿Celoso?

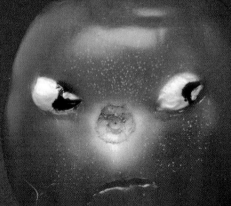

¡Cuántas sonrisas!
¿Podrías señalar
quién se siente seguro
y quién orgulloso está?

¿Agitado? ¿Cansado? ¿Necesitas un beso?
¿Conoces a alguien a quien le pase eso?

¿Muestras tus sentimientos a los demás?
¿A quién quieres? ¿Se lo demuestras de verdad?

**Si te sientes comprendido,
es que tienes un amigo.**

Y TÚ, ¿CÓMO

TE SIENTES?

Para Mia, Eyck, Finn y Elodie,
con todo mi amor, más allá de
las palabras y las verduras.
    S.F.

Para Oekie y en memoria de Arie Jansma.
La familia Jansma me enseñó de forma
temprana el mundo del juego.
    J.E.

NOTA SOBRE LAS ILUSTRACIONES

Para crear estas esculturas, recorrimos los mercados de la zona metropolitana de Nueva York en busca de frutas y verduras expresivas. Fueron talladas con un sencillo cuchillo *Exacto* y se resaltaron las expresiones con materiales naturales, como frijoles con puntos negros para los ojos y jugo de remolacha para la boca. Después, las esculturas se fotografiaron sobre distintos fondos de un solo color para conseguir el estado de ánimo deseado.

Diseño del libro de Erik Thé
Fotografías de Nimkin/Parrinello
Traducción de Nuria Molinero

Originally published in English as *How Are You Peeling?*

ISBN 0-439-29130-5

12 11 10 9 8 7 6 5   4 5 6/0
Printed in the U.S.A.   08

First Scholastic Spanish printing,
September 2001